Renier-Fréduman Mundil

Uhlenspiegel bei den Schildbürgern

Uhle 3

AF282431

Renier-Fréduman Mundil

Uhlenspiegel bei den Schildbürgern

Uhle 3

Impressum
Bibliografische Information der Deutschen Nationalbibliothek:
Die Deutsche Nationalbibliothek verzeichnet diese
Publikation in der Deutschen Nationalbibliografie;
detaillierte bibliografische Daten sind im Internet über
http://dnb.dnb.de abrufbar.

© 2024 Renier-Fréduman Mundil
          Viola Hartmann
Covergestaltung Dan Winkler

Verlag: BoD · Books on Demand GmbH,
In de Tarpen 42, 22848 Norderstedt, bod@bod.de
Druck: Libri Plureos GmbH, Friedensallee 273,
22763 Hamburg

ISBN: 978-3-7693-2232-3

Für

Corvin

Der bewunderswert

Auf seinen Traum hinarbeitet

Einleitung

Über Sinn und Unsinn oder unter dem Sinn der Sinnlosigkeit oder über den Sinn vom Unsinn.

Eine Narrheit ist nicht gut, zwei Narrheiten nicht zwangsläufig besser, es sei denn, sie versuchen, sich gegenseitig negativ zu über-(trump)fen bzw. anders zu Papier gebracht, sie versuchen, einander zu kompensieren, gewissermaßen ein kopfstehendes Komplettkompensationsgeschäft dergestalt, dass beide dekompensieren in dem Sinne, nicht noch arger zu werden, sondern einträchtig gemeinsam zu verschwinden.

Ob das Sinn ergibt, sei dahingestellt. Aber das mit dem Sinn ist so eine Sache. Selbst im Unsinn steckt zumindest (sprachlich) ein Sinn, gewissermaßen der Sinn, keinen Sinn zu ergeben, eben kein UndSinn, sondern ein Unsinn.

Weshalb die Sprache nie das Wort Undsinn erfunden hat? Kaum zu erklären! Denn gemeiner, Pardon, kaum allgemeiner Weise stecken in einer Sache manchmal zwei Sinne. Wir sind schon zufrieden, in einer Sache einen Sinn zu finden, höchstens unter Benutzung aller Sinne kann es möglich sein, einer Sache mehrere Sinne zu entlocken, den ertasteten Spürsinn, den zu vernehmenden Hörsinn, einen nicht zu fassenden Gefühlssinn usw.

Doch all dies erscheint sinnlos (oder sinnLos, vielleicht Sinn(los)).

SinnLos, der Sinn ist vielleicht ein Los, manchmal in einer Sache zu finden, oft nicht, eben wie bei einem Los.

Sinn-los. Das ergibt schon mehr Sinn. Jemand hat den Sinn einer Sache los gemacht, wie man ein vertäutes Boot losmacht, und beides, Sinn und Boot, sind bald danach verschwunden. Ein bootfahrender Sinn, falls dies einen Sinn ergibt. Zwar noch vorhanden aber weg, eben nicht mehr da, Pardon nicht mehr hier aber (irgendwo) doch da.

Wenn also etwas Sinn los, Pardon, sinnlos, also ohne Sinn ist, wie kann es einen doppelten Sinn ergeben? Ein Nichts kann schwerlich verdoppelt werden, etwas, das sinnlos ist, vermag schwerlich doppelt sinnlos, sinnloser, zu sein. Sinnloser kann doch nur bedeuten, der Sinn ist nicht mehr so fest, wird bald verschwunden, ganz los sein und Eile ist geboten, ihn zu er(be)greifen, bevor er noch loser, ganz los, also ganz weg ist.

Sinnlos, also etwas ohne Sinn und im doppelten Sinn (Pardon im doppelten Sinne wegen der Mehrzahl). Ergibt das (zumindest einen(1)) Sinn? Aus nichts eins zu machen, wäre ein Zauberkunststück, aus einem doppelten Sinn eins zu machen ein unschätzbarer Verlust.

Ein VerlustSinn, Pardon, Verlustsinn.

Diese Abschweifung war wenig sinnvoll, vielleicht sogar Sinn leer.

Sinnlos, doppelter Sinn? Das ergibt überhaupt keinen Sinn. Warum sollte man sich sinnvollerweise etwas zweimal angucken, was gar nicht vorhanden ist.

Ein leerer Teller wird auch nicht davon voller, gucken wir ihn uns zweimal an. Und es ist absolut sinnlos bzw. sinnwidrig oder gar unsinnig, etwas, was nicht vorhanden ist, zweimal zu betrachten. Irgendwann werden wir (bzw. unsere Sinne) denken, einer Sinntäuschung zu unterliegen, wir (über den manchmal sinnlosen Weg der Sinne) haben uns gewissermaßen selbst hereingelegt.

Sinngemäß steckt übertragener Weise etwas von diesen Gedanken in den folgenden Geschichten. Zwei Hauptprotagonisten - der Einzelkämpfer Uhlenspiegel, aber mit der Armee seiner schalkhaften Gedanken – trifft auf die Armeen der zahlreichen Schildbürger (eher weniger oder sagen wir neutraler, eher waffenmäßig mit anderen Gedanken bewaffnet). (*PS.1).

Ist eine solche Begegnung sinnvoll? Ist sie vielleicht sinnlos?

Oder ergibt es vielleicht zumindest einen doppelten Sinn, einen Undsinn, wenn nicht gar Mehrfachsinn?

Das alles bleibt offen, wie auch wir mit offenem Sinn durchs Leben gehen sollten, um zu erkennen, was einen Sinn ergibt oder gar auf abenteuerliche Weise einen versteckten Sinn zu entdecken – herauszufinden, wo ein (der) Sinn steckt oder ob er schlichtweg fehlt, quasi ein Nichtsinn und in diesem Sinne als Nichtsinn noch weniger als ein Unsinn, der ja irgendwo existiert, sonst wäre es kein Unsinn.

Zusammenfassend oder sinngemäß:

Jeder muss selbst herausfinden, ob es Sinn macht oder einen Sinn ergibt, diese Geschichten zu lesen bzw. einen Uhlenspiegel mit einem Dorf Schildbürger zusammenzubringen. Das würde dann wiederum einen Sinn ergeben, also einen Sinn machen. Auf diese Weise würde jeder Leser einen Sinn in diese Geschichten hineinmachen (Pardon, hineininterpretieren), wo bisher kein Sinn war und es hätte für alle doch Sinn gemacht, diese Geschichten zu schreiben, zu schreiben bzw. zu lesen.

Da sollen Sie jedoch unbelastet (also schon belastet mit Sinn aber ausgestattet mit unbelastetem Sinn) an Sinn und Unsinn dieser Geschichten herangehen.

In diesem Sinne: Viele Sinnvergnügen.

PS.0.   Zwischen die Geschichten haben sich kurze Aphorismen gemogelt, besser gesagt, Rede-wendungen oder zumindest ein Teil davon und was wohl Uhlenspiegel oder die Schildbürger dazu gesagt hätten.

*PS.1:   Aktuelle Anmerkung

Erklärt sich dadurch vielleicht das sich heute wieder abzeichnende Phänomen der Diktaturen. Ein Einzelner (aber mit fast absolut unverrückbarem Sinn) steht einer gewaltigen, in ihren Sinnen eher abgestumpften Masse gegenüber. Eine Konstellation, die nicht nur keinen Sinn, sondern einen unglaublich gefährlichen Sinn ergibt (Pardon, beinhaltet). Mehr als Blödsinn, viel mehr, der stärkste Schwachsinn, den es je geben kann.

PS.2 Leseempfehlung

Es macht vielleicht Sinn, nur eine Geschichte im Monat zu lesen bzw. es macht vielleicht keinen Sinn, mehr als eine Geschichte im Monat zu lesen. Deshalb enthält dieses Buch zwölf Geschichten. Wem der Sinn danach steht, kann selbstverständlich auch mehr, im Höchstfall alle zwölf Geschichten an einem Tag anstatt nur eine Geschichte im Monat lesen.

Sie werden endlich zu den Geschichten wollen. Bitte schön! Viel Vergnügen! Deshalb wird das Folgende als Ausleitung bzw. Nachleitung oder Nachsinn (nicht mit dem Nachsinnen zu verwechseln), je nachdem, wie Sie es bezeichnen wollen, an das Ende des Buches gestellt.

Kinder
Sind Münder,
Die ohne zu fragen
Die Wahrheit sagen.

1.
Goldige Luft

Als Uhlenspiegel vor seiner Hütte saß, der warme Sommerwind strich um seine Nase, kam es, gewissermaßen vom Wind zugetragen, in seinen Sinn, die Bürger von Schilda aufzusuchen. Wichtige Einfälle waren durch sein Gehirn gebraust und itzo die rechte Zeit gekommen, den Bürgern von Schilda ihren rechtmäßigen Anteil an diesen Einfällen zukommen zu lassen.

Er nahm sich drei leere Säcke, spannte sie auf, dass sie wie Fischmäuler wirkten und legte sich ein letztes Mal auf die faule Haut, bevor er am nächsten Tag aufzubrechen gedachte.

Einen Tag später hatte er den inzwischen lieb gewonnenen Ort erreicht. Seine Ankunft verbreitete sich wie ein Lauffeuer, aber eher das einer Schreckensbotschaft. Nur allzu lebendig war in den Köpfen der Bürger von Schilda gegenwärtig, was sie ihm im wahrsten Sinne der Bedeutung zu **nicht**verdanken hatten. Alle flüchteten in ihre Häuser, verbarrikadierten Fenster und Türen und hofften, der schräge

Geselle würde schneller als er gekommen war wieder verschwinden.

Dem war nicht so. Allein, ihre Neugier ließ sie nicht lange durchhalten, denn Uhlenspiegel hatte sich mitten auf dem Marktplatz hingestellt, vor ihm die mitgebrachten großen drei Säcke, aus denen er von Zeit zu Zeit etwas herausholte. Jedes Mal schien sein Arm wie eine zittrige Klapperschlange zu vibrieren, nachdem er ihn aus dem Sack wieder herauszog. Es dauerte nicht lange. Fenster und Türen öffneten sich und von der Neugierde angefacht erschienen die Bürger von Schilda auf ihrem eigenen Marktplatz, sich das seltsame Treiben des Fremden anzusehen.

Uhlenspiegel tat, als würde er sie nicht bemerken und fuhr mit seiner Tätigkeit unbeirrt fort.

Was um alles in der Welt er dort treibe?, wandte sich endlich der Bürgermeister von Schilda an ihn.

Ich zähle nach, ob ich noch alle meine kostbaren Stücke beisammen habe, entgegnete Uhlenspiegel.

Doch als er wieder mit seinem Arm in einen Sack griff und ihn herauszog, war nicht zu sehen, was an seinem Arm hing oder noch etwas, das an seiner Hand klebte.

Uhlenspiegel jedoch betrachtete seine Finger, um sie danach wieder vorsichtig in den Sack zurückgleiten zu lassen.

Hat denn niemand von euch das schreckliche vernommen, was nicht unweit von hier geschehen ist?

Als niemand antwortete fuhr er fort, beschrieb das tragische Ereignis, als ein Mann mit seinem Flötenspiel alle Kinder einer Stadt fortlockte.

Bis heute ist nichts wieder aufgetaucht. Nicht die Kinder, nicht die Flöte, nicht die Töne, nicht der Mann. Dass solches sich nicht noch einmal zutrüge, haben alle Regierungen dieser Welt sich lange die Köpfe zerbrochen. Die unterschiedlichsten Vorschläge seien entstanden. Man könne wohl nicht die ganze Luft wegsperren, obwohl, ohne Luft kein Flötenspieler und ohne Flötenspieler keine neue Entführung durch diesen Rattenfänger. Auch sei überlegt worden, nur die kleine Luft wegzusperren, jene kleine Luft, die durch eine Flöte passe und den Rest freizulassen zum Atemholen und anderem mehr. Da man aber nicht habe dahinterkommen können, wie eine solche Trennung vorzunehmen sei, habe man letztendlich beschlossen, alle Flöten zu verbieten. Und er sei von den Regierungen der Welt beauftragt, selbiges in diesem Ort durchzuführen. Das mit den Säcken habe eine andere Bewandtnis, es sei gewissermaßen eine Zugabe von ihm, ein Ausgleich für den Verlust. Für den anstehenden Verlust.

Die Kinder von Schilda dankten es ihm noch viele Jahrzehnte später, dass er all diese lästigen langen Holzgebilde aus ihrer Mitte entfernte. Von einer Hälfte entfachte Uhlenspiegel ein herrliches Feuer, ein Musikfeuer, in dem die Töne gleich wilden Funken herumsprühten. Die andere Hälfte der Flöten ließ er an die Bäume hängen, dem Wind ein wenig Abwechslung zu bieten, wenn er wieder durch Schilda zog.

Womit er im Übrigen bei der Zugabe angekommen sei.

Er griff in einen dieser Säcke und schien etwas Zappelndes in seinem Arm zu halten.

Dies ist ein Stück Wind, das ich von der grünen Südsee mitgebracht habe. Dort ist der Sand schneeweiß, Palmen wachsen bis in die Wolken und die Luft ist voll von warmen Sonnenstrahlen.

Der weiße Sand sei aber nichts anderes, als das Ergebnis des Endes eines Fisches, das zu erklären wäre, jedoch jetzt nicht die Zeit, da es hier um etwas Leichtes wie dem Wind und nicht um etwas Schweres wie den Sand oder das Ende von einem Fisch und dem manchmal daran Hängenden ging. Denn das daran Hängende sei, wie jeder selbst wisse, üblicherweise von anderer Farbe und Beschaffenheit, was nichts anderes bedeuten könne, dass jene armen Fische krank seien und die ganze Welt den herrlichen weißen Strand der Krankheit armer Fische verdanke.

Wer jedoch dieses gewiss gesunde Windstück in sein Haus sperrt, wird fortan in jedem Augenblick das Gefühl haben, nicht über wurmzerfressene Dielen, sondern über warmen weißen Sand zu schreiten. Das darin steckende Meeresrauschen werde die Sinne der streitsüchtigen Frauen besänftigen und die dort ebenso enthaltenen Sonnenstrahlen werden das teure Heizen im Winter entbehrlich machen.

Drei großartige Dinge für den Preis von einem, fuhr Uhlenspiegel fort und nannte die stolze Summe von 100 Talern. Kleinere Windstücke seien auch für die Hälfte der Summe zu erlangen, er könne sich dann aber nicht dafür verbürgen, dass im Winter gänzlich auf das Heizen zu verzichten sei und dass das streitsüchtige Gemüt der zänkischen Frauen zu allen Zeiten besänftigt würde.

Bald war der erste große Sack leergekauft. Es galt nun, den Inhalt des zweiten an den Mann zu bringen.

Ich sehe wohl, sagte Uhlenspiegel, dass ihr viel Mühe und Arbeit habt, eure Tiere, besonders die Schafe zu hüten. Haltet euch teure Hunde, baut endlose Zäune, viel Arbeit für ein wenig Wolle. In diesem Sack habe ich Luft von einem der größten Wölfe, dem je ein Mensch begegnet ist. Nehmt eine Tüte und streut sie um das Gebiet, das eure Tiere nicht verlassen sollen. Es wird wie eine unsichtbare Mauer sein, die sie nicht zu überschreiten wagen.

Wenn die Schafe nicht herauskönnen, heißt das nicht, dass die Wölfe nicht hineingelangen, werdet ihr denken. Deshalb habe ich andere Luft mitgebracht.

Der Wind hat sie von einer fernen Insel in meinen Garten getragen. Auf dieser Insel lebt das gefährlichste Untier dieser Erde. Der Körper groß wie ein Berg, ein Rachen gewaltig wie ein Wal, Beine nicht weniger als ein Tausendfüßler, nur jedes tausendfach größer.

Ihr braucht auch von dieser Luft. Die Schafe kennen sie nicht, deshalb wird es sie nicht hindern, das Gebiet zu verlassen. Dem Wolf jedoch ist sie vertraut wie seine Kinderstube. Kein Wolf, kein wildes Tier und sicherlich auch keine Räuber werden sich noch jemals in eure Nähe wagen.

Es erübrigt sich beinahe auszuführen, dass die Säcke in Windeseile leergekauft waren.
Sie waren umso Vieles leerer, wie Uhlenspiegels Geldbörse voller war. Um seinen Worten mehr Anziehungskraft zu verleihen, hatte Uhlenspiegel auf dem Boden eines Sackes einen ordentlichen Haufen Wolfsdreck ausgelegt, in den anderen die Hinterlassenschaften aller möglichen Tiere, denen er auf dem Weg nach Schilda begegnet war, dazu noch den Kadaver eines Fuchses.
Seine Großzügigkeit gestattete es den Bürgern von Schilda, selbst eine angemessene Portion Luft herauszuholen. Es sei genügend vorhanden und er vertraue den ehrenwerten Bürger von Schilda, dass sie nicht mehr entnahmen, als der entrichteten Summe entsprach.

Viele griffen ordentlich tief hinein, ganze Köpfe verschwanden minutenlang in den Säcken.

Uhlenspiegel aber hielt sich in einiger Entfernung auf, wo ihn der seltsame Geruch nicht erreichen konnte.

Als jeder mit der stinkenden Luft beglückt war, hieß Uhlenspiegel den Bürgermeister, alle nach Hause zu schicken, nur er solle noch etwas bei ihm verweilen.

Uhlenspiegel sah den Bürgermeister in die Augen.

Ich weiß wohl von der mühseligen Arbeit, die dieses Amt mitbringt, begann Uhlenspiegel. Man kann es niemanden recht machen und Geld, Geld ist nie genug vorhanden, all den Erfordernissen und Wünschen nachzukommen.

Der Bürgermeister schwieg.

Das Leben erspart es mir nicht, fuhr Uhlenspiegel fort, manch einem Menschen in seiner Sterbestunde zu begegnen. Und mir ist aufgefallen, dass sie alle einen letzten großen Atem tun, bevor sie von diese Erde schwinden. Ich selbst habe mir lange keinen Reim darauf machen können. Das Leben aber meinte es gut mit mir und arrangierte eines Tages eine ungewollte Begegnung mit einem alten weisen Priester. Da dieses seltsame Gebaren der Toten unentwegt durch meinen Kopf spukte, ging ich ihn geradewegs, ohne Umschweife, mit meiner Beobachtung an.

Er nickte nur und erklärte, ob ich denn nicht wisse, dass ein Mensch, wenn er dereinst an der Himmelspforte steht, für alles Erhaltene Rechenschaft ablegen muss. Alles bedeutet alles, somit auch die Atemluft. Für den, der nicht alle benutzte Luft bis auf den letzten Tropfen oben vorlegen könne, sei es schlecht bestellt.

Also gewissermaßen in einer irrationalen verzweifelten Reaktion nehmen alle, bevor sie sterben, einen letzten großen Luftzug, um alle Luft, die ihnen hier auf die Erde geborgt wurde, oben an der Himmelspforte ordnungsgemäß wieder abzugeben.

Nun sei es aber schlicht schlecht bestellt, wenn diese Luft von seinen Nachbarn sei. Es könne leicht als Diebstahl ausgelegt werden und das ganze tragisch in der Hölle enden. Zu Lebzeiten wisse niemand davon. Den Sterbenden werde jedoch für vieles die Augen geöffnet, so auch für dieses seltsame Geheimnis.

Nur wissen sie keine Lösung, aus dieser Unwissenheit entsteht Verzweiflung und aus der

Verzweiflung jene Unruhe, mit der viele diese Erde für immer verlassen.

Mehr erzählte mir der Mönch nicht, beendete Uhlenspiegel seiner Rede.

Sodann griff der Schalk in seine weit ausladenden Taschen und zog etliche kleine Säckchen hervor.

Du musst in dem Rathaus einen Steuerkeller anlegen, fuhr Uhlenspiegel fort. Von jedem Bürger verwahre einen Sack gefüllt mit seiner Atemluft. Hänge die Säckchen fein säuberlich mit Namen beschriftet an die Decke deines Steuerkellers. Wenn dann einer im Begriff ist zu sterben, suche ihn auf mit seiner Luft in dem Säckchen. Der Sterbende wird dein Kommen zu danken wissen und dir alles bieten, seinen letzten Atemzug aus diesem Sack nehmen zu dürfen.

Und dafür, erklärte Uhlenspiegel, kannst du eine letzte Steuerabnahme, eine Sterbesteuer, ver-langen. Die bedingt nicht mehr und nicht weniger als alles, was der Sterbende noch besitzt, außer seiner Luft. Was braucht der auch all den Klunker, die Taler, die Seide, das viele Gold, Perlen, Schinken, Butter, kann er doch nur seine Luft mit sich nehmen.

Wir fügen der Ordnung halber an, dass Uhlenspiegel als Erfinder dieser letzten gewaltigen Steuer die Hälfte der auf diese Weise erlangten Einnahmen zugestanden wurden.

Die andere Hälfte reichte um ein Leichtes aus, den Bürgermeister von Schilda zur sorglosesten Amtsperson auf dieser Erde zu machen, jeglicher finanzieller Sorgen entledigt und zu vielen Gelegenheiten als großzügiger Mäzen auftretend. Seine Schäfchen aber, nachdem sie den Ballast des irdischen Reichtums abgeworfen hatten, nahmen, wenn einer im Sterben begriffen war, einen letzten großen Schluck ihrer eigenen Atemluft und entschwebten zufrieden an die Himmelspforte.

Am Ende besiegt das Wir
Nicht immer das Alpha-Tier.

Drehsprache der Wendezunge

Wir schweigen
Wenn wir reden
Und reden
Wenn wir schweigen.
Wir bleiben,
Wenn wir die gehen
Und gehen
Wenn wir bleiben.
Wir träumen
Wenn wir lieben
Und lieben
Wenn wir träumen.
Wir freuen
Wenn wir siegen
Und Siegen
Wenn wir freuen.

2.
Gedoppeltes Leben

*D*a Uhlenspiegel ein weitgereister Mann war, eben ein richtiger Mann von Welt, brachte es der überall auf der Welt herumliegende Zufall mit sich, dass er von den unterschiedlichsten Vorstellungen und Gebräuchen erfuhr. In einem Land, wo eine Kuh für wertvoller erachtet wurde als das eigene Weib, kam ihm die Lehre von der Reinkarnation zu Gehör. Die anfängliche Skepsis verflog schnell und Uhlenspiegel verstand bald, dass es auf dieser Erde nur darauf ankam, ein mit sich ausgeglichenes Leben zu führen, um nicht in der nächsten Runde als Schwein, Mistkäfer oder Schmeißfliege auf die Welt zu kommen. Allenfalls als Kuh, und auch nur auf dem Fleckchen Erde, wo dieses Tier mehr galt als das anvertraute Weib.

Es hieß erneut den beschwerlichen Weg nach Schilda auf sich zu nehmen und die dort ansässigen Bürger zu bewahren, im nächsten Leben als Horde mistrollender Käfer auf die Welt zu gelangen. Die letzten Meter vor der Stadt begab sich Uhlenspiegel auf Hände und Knie, fing an ohrenbetäubend zu bellen und fiel in die seltsamsten Gebaren eines elenden Straßenköters in Schilda ein.

Die Anwohner staunten nicht wenig, Unglaubliches hatten sie bereits gesehen, nicht aber einen sich wild aufführenden Menschen, vor dem sogar Wölfe und die eigenen Hunde Reißaus nahmen. Mit lechzender Zunge blieb Uhlenspiegel stehen, fletschte ein weiteres Mal mit den Zähnen, stieß ein furchtbares Jaulen aus und stellte sich dann wieder auf seine zwei menschlichen Füße.

Was glotzt ihr mich an, meint ihr, ich unterziehe mich ohne Grund der Mühe, als Hund aufzutreten?

Wie anders soll ich es bewerkstelligen, eure störrischen Holzköpfe aufzuwecken, da ihr drauf und dran seid, euch ins Unglück zu stürzen. Seid ihr nicht eifrig in die Kirche gegangen und habt vernommen, was von der Kanzel gepredigt wurde? Der Tod ist nichts anderes als die Geburt in ein anderes Leben. Dann ist wohl auch die Geburt nichts anderes als der Tod aus einem anderen Leben. Und so geht es ewig fort. Ein ständiger Kreislauf. Nur fürchte ich, hat euch der Pfarrer die Hälfte der Wahrheit vorenthalten. Wohin werden wir denn totgestorben? Und wohin kommen wir denn zugleich geboren und tot am Anfang des Lebens?

Es liegt buchstäblich auf der Hand. Es ist immer derselbe Platz, nicht ganz, aber beinahe. Nicht ein ferner Himmel, kein weit entrückter Stern. Auf unserer alten Mutter Erde spielt sich dieser ewige Kreislauf ab. Da wir nicht immer am selben Platz wieder auftauchen, wird es nicht langweilig. Leider ist damit auch eine andere Ungerechtigkeit verbunden. Niemand kann versichert sein, ein zweites Mal in diesen auserwählten Ort Schilda hineingeboren zu werden. Grausamer noch. Die ganze Wahrheit habe ich in dem Land erfahren, wo die Kühe wertvoller als die Frauenzimmer sind. Es kann einem passieren, in der nächsten Runde nicht als Mensch, sondern als Hund, als Schwein oder gar Ratte wiedergeboren zu werden.

Nun versteht ihr wohl mein seltsames Erscheinen als Hund. Wie anders hätte ich diese Wahrheit in eure Köpfe bekommen sollen? Und da wir gerade von den Hunden sprechen: habt ihr einmal bedacht, was ihr angestellt habt, indem ihr eure Hunde verprügelt? Vielleicht habt ihr einen lieben Menschen mit der Peitsche malträtiert.

Und könnte es zugehen, dass einer in zwei Zustände gleichzeitig hineingeboren wird, ihr würdet euch womöglich mit der Peitsche selbst malträtieren.

Diese Worte verfehlten nicht ihre Wirkung. Die braven Bürger von Schilda hatten nie davon gehört, dass sich ein Mensch mit der Peitsche selbst traktiert. Es muss sich ansonsten wohl um Verrückte handeln. Auch war es keine angenehme Vorstellung, Gefahr zu laufen, sich aus Unkenntnis gewissermaßen selbst zu verprügeln. Das weitere war ein Kinderspiel. Uhlenspiegel erklärte, aus dem Ganzen ergäbe sich zweifellos die Notwendigkeit, jede Kreatur angemessener als bisher zu behandeln. Es bietet sich an, mit der kleinsten zu beginnen, mit nichts anderem als einer Maus. Welch frevelhafte Untat, diesen armen Kreaturen Zugang zu den fetten Speisekammern zu verwehren. Dem sei unbedingt und zwar sofort abzuhelfen. Schon in der nächsten Nacht sei damit zu beginnen, wenn die kleinen Nager erwachten und ihnen seien die Türen der Speisekammern weit zu öffnen. Es sei jedoch sicherzustellen, dass die Mäuse von draußen freien Zugang hätten, deshalb sei auch nachts die Haustür zu öffnen und nötigenfalls ein neuer Durchbruch von draußen bis in die Speisekammer zu schlagen, da es Mäuse gäbe, die sich wegen einer schlechten Erfahrung nicht mehr durch die Haustür trauten.

Die Bürger von Schilda aber müssten bei verschlossener Schlafzimmertür im Bett bleiben und dort nichts anstellen, was mit Geräuschen oder gar Lärm verbunden ist, um die niedlichen kleinen Nager nicht zu verschrecken.

So geschah es. Uhlenspiegel brauchte die Nächte einer ganzen Woche, all die Köstlichkeiten aus den Speisekammern fortzuschleppen. Er verbarg alles im Wald, ein gehöriger Berg an Essbarem. Dass sich einige Mäuse über den Rand des Berges hermachten, störte ihn nicht. Hatte er doch den ansehnlichen Vorrat den Nagern zu verdanken, die entgegen der landläufigen Meinung nicht den Vorrat verzehrten sondern ihm, Uhlenspiegel persönlich, zu einem respektierlichen Vorrat verholfen hatten.

Es galt, den ansehnlichen Berg nach Hause zu schaffen. Dazu bedurfte es Pferde und Wagen. Folglich stellte sich Uhlenspiegel am letzten Tag wieder auf den Marktplatz, den Bürgern von Schilda den nächsten Schritt zu erklären.

Niemand denke, mit der Öffnung der Speisekammer seiner Pflicht zur Genüge nachgekommen zu sein. Auch habe sich innerhalb kürzester Zeit gezeigt, wie nötig die Maßnahme gewesen sei. Die leeren Vorratskammern seien genug Beweis, welche Hilfe die Mäuse nötig hatten.

Es gibt, fuhr Uhlenspiegel fort, jedoch noch andere Kreaturen. Und niemand muss denken, Maus ist Maus. Auch hier gibt es welche von höherem Stand.

Er habe sich vorgenommen, den vornehmsten Tieren jeder Art, einer Arche Noah gleich, eine angemessene Behandlung zukommen zu lassen. In seinem Haus seien bereits Betten für Schafe, Ziegen und Hühner aufgestellt, Stühle für Schweine und Esel am Tisch, extra große Badewannen für die Pferde hergerichtet. Wer möchte eine dieser Annehmlichkeiten in der nächsten Runde des Lebens missen?

Nach diesen Worten schritt Uhlenspiegel in Gefolgschaft der Bürger von Schilda die Höfe und Ställe gleich einer militärisch getrimmten Parade ab. Er wählte eine Hundertschaft Pferde aus, damit die Gefährte zu bespannen und ließ auf die Wagen die ausgesuchten besten anderen Tiere aufladen. Noch am selben Tag machte sich die Karawane auf den Weg. Im Wald lud Uhlenspiegel noch die Vorräte auf und rollte einer fahrenden Farm gleich seiner Heimat entgegen.

Die Bürger von Schilda aber wurden noch lange von Albträumen geplagt und harrten auf die Stunde ihres Todes. Wie war doch dieser Uhlenspiegel hoch zu preisen. Sollten sie als Esel oder Schwein wieder auf die Welt kommen, hatte er ja dafür gesorgt, dass sie anständig behandelt würden, es ihnen weder an Decken noch einen Platz am Tisch oder anderen angenehmen Bequemlichkeiten mangeln würde.

Vieles Verreisen
Ist ein Mehrspeisen.
Vieles Beklagen
Ist ein Nicht-Haben.

3.
Die abgeschlossene offene Stadt

Uhlenspiegel hielt es mal wieder an der Zeit, dem eigenen Müßiggang, wenn auch nur für eine beschränkte Weile, ein Ende zu bereiten und den aus vielerlei Gründen liebgewonnenen Ort Schilda ein weiteres Mal aufzusuchen. Auch waren die eigenen Vorratskammern leer, es war aus ihnen nur herausgeflossen, nichts jedoch in die umgekehrte Richtung geschehen. Auf dieser wundersamen Erde gab es überall Menschen, die tagaus und tagein einer Arbeit nachgingen. Uhlenspiegel hielt es aber wie einige andere Wenige. Lieber einmal im Jahr eine gewaltige Anstrengung unternehmen und danach zurück in den Schlaraffenlandkokon.

Als er nach Schilda kam, fand er alle Häuser verschlossen vor. Dem galt es abzuhelfen, wie anders sollte er an die Kostbarkeiten gelangen, die sich die Bürger von Schilda durch ihre müh-same alltägliche Arbeit geschaffen hatten. Zunächst galt es, die Aufmerksamkeit der Anderen zu wecken. So begann Uhlenspiegel mitten auf dem Marktplatz ein tiefes Loch zu graben. Bald ließen sich die ersten Neugierigen blicken, besahen sich das wundersame Treiben, denn Uhlenspiegel war bereits auf doppelter Körperlänge in der Erde verschwunden.

Ihr meint wohl, ich hebe schon mein eigenes Grab aus, dass mir die eigene Beerdigung nicht so teuer kommt und nur das eigene Leben kostet. Weit gefehlt. Und ich werde euch die Nützlichkeit dieses Loches erklären.

Nachschrittlich oder fortschrittlich, je nach Blickwinkel, besaßen die Bürger von Schilda keine Kirche.

Was macht ihr, wenn ihr Schlimmes angestellt habt?, fragte Uhlenspiegel die Umstehenden.

Zu diesem Zwecke sah ich in anderen Ländern große Gebäude, in die die Menschen mit traurigen Gesichtern hineingingen und leider muss ich es sagen, mit noch traurigeren herauskamen. Das Geheimnis dieser Gebäude ist ein schwarzer Kasten. Jeder kann hinein und spricht sich alle Übeltaten von der Seele. Ein kleiner Obolus tut sein Übriges und frei wie ein Vogel entlässt einen der schwarze Kasten. Nun ist es allemal einfacher, ein Loch zu graben als eine Kirche zu bauen. Eine Kirche ist ohnehin nur ein tiefes

Loch, wo die Toten begraben werden, mit einem hohlen Haus darüber.

Sich von der Seele reden muss einer, daran führt kein Weg vorbei. Dafür habe ich euch das Loch gegraben. Und den Pfaffen müsst ihr nicht obendrein bezahlen. Steckt nur euren Kopf in das Loch, einer nach dem anderen, und sprecht euch euer Gewissen von der Seele. Dann streut eine Hand Sand hinterher, oder auch drei wie man es zu anderen Anlässen zu pflegen tut, damit die Worte nicht entfliehen. Und wollt ihr mir meine Mühe etwas vergüten, diese Grube für euch gegraben zu haben, sind wohl alle zufrieden. Die Zeit war noch nicht gekommen, da man solches Gebaren auf einer bequemen Liegestatt auszuführen pflegte.

Die Prozedur sollte am nächsten Tag beginnen. Uhlenspiegel hatte alles in genauster Weise angeordnet, er könne nicht dabei sein. Denn sonst bliebe ein Geheimnis kein solches und der halbe Vorteil gegenüber dem schwarzen Kasten in der Kirche sei von der Neugierde aufgefressen.

Was die Bürger von Schilda jedoch nicht ahnten, Uhlenspiegel hatte sich auf der einen Seite des

Loches eine Höhle gegraben und wartete gespannt, die Geheimnisse von Schilda zu erfahren. Und es mag nicht verwundern zu erfahren, dass Uhlenspiegel bei passender Gelegenheit den beichtenden Stimmen mit einer verstellten tiefen Stimme antwortete, um dem beichtenden Gewissen noch tiefere und beunruhigendere Spuren einzubrennen.

Einzelheiten sind aus Rücksicht und Schamgefühl hier nicht wiederzugeben. Es soll jedoch nicht verschwiegen bleiben, dass Uhlenspiegel später aus jedem Geheimnis einen trefflichen Vorteil zu schlagen wusste.

Uhlenspiegel aber wähnte noch andere Schätze in den Häusern, denen er auf diese Weise nicht habhaft werden konnte. Dazu musste er sich ein eigenes Bild verschaffen und flehte die Bürger von Schilda an, sich am nächsten Tag wegen einer ungleich wichtigeren Sache auf dem Marktplatz einzufinden. So geschah es.

Ihr lebt sorglos in den Tag hinein, begann Uhlenspiegel. Habt ihr nie daran gedacht, dass die Schätze, durch tägliche harte Arbeit habt ihr sie euch erworben, dass die herrlichen Schätze Räuber anlocken wie der Käse die gefräßigen Mäuse? Nun kommt es vor, dass ein ganzes Land zum Räuber wird, manchmal besonders der obere Teil des Landes, das ihr eure Oberen oder eure Regierung nennt. Davon habe ich nicht selten gesehen, als ich durch die Welt zog. Welch Glück für euch, sucht euch nur ein einziger Räuber heim. Was wollt ihr machen, steht ein ganzes Land vor Tür, um euch all die kostbaren Schätze abspenstig zu machen. Auf meinem Weg zu euch habe ich beobachtet, dass eure Nachbarn Anstalten machen, in euer Land einzufallen.

Den Bürgern von Schilda wurde es mulmig. Gewiss, hin und wieder hatte man es mit einem vereinzelten verirrten Räuber zu tun bekommen. Sie besaßen genug, einen Menschen mehr davon glücklich zu machen. Ein ganzes anderes Land, das ging jedoch entschieden zu weit. Von jeher hatte das Nachbarland einen seltsamen Eindruck bei ihnen hinterlassen. Die Menschen dort schienen keiner geregelten Arbeit nachzugehen. Es fügte sich mit dem Bild, dass Uhlenspiegel ihnen aufgezeichnet hatte. Wie anders sollten sie leben, ohne Arbeit, als sich alles zu rauben. Uhlenspiegel bemerkte nicht unzufrieden ihre Unruhe, ihre Ängste.

Womit verteidigt ihr eure Häuser?, fragte er. Ihr könnt sie nicht von oben bis unten zumauern. Eure Frauen, eure Kinder und ihr selbst müsst hinein. Und wenn ein bisschen Luft mit hineinkommt, ist es auch nicht abträglich. Also müsst ihr den Eingang verteidigen. Und dazu habt ihr eure Türen. Es sind wahre Wunderwerke. Sie lassen das Gute hinein und halten das Böse fern. Oder habt ihr schon einmal erlebt, dass eure Türen zuschlagen, wenn sie euch kommen sehen? Wenn eure Türen aber eure Häuser retten, können Sie es dann nicht auch mit der ganzen Stadt? Ihr müsst sie nur herausnehmen und sie als Schutzmauer um eure Stadt aufstellen. Dann grabt hinter jeder Tür ein Loch, in dem ihr euch verstecken könnt. Überall graben die Menschen Löcher, wenn sie übereinander herfallen. Kann eure Tür aber den Ansturm nicht abwehren, fällt sie auf das Loch und schützt, verbirgt euch vor den Angreifern. Für diesen Fall rate ich euch inbrünstig, drei Tage nicht aus dem Loch herauszukommen. Eure Häuser sind für einen solchen Fall ohnehin verloren, ihr könnt froh sein, eure nackte Haut zu retten. Sind die anderen erst einmal in eurer Stadt, werden sie sich wie gefährliche Ungeheuer aufführen. Ihr tut in diesem Fall besser daran, ungesehen zu bleiben, wenn sie euch nicht sehen.

Nach einer Woche war es um Schilda geschehen. Die Häuser entblößt, die Stadt mit einer Mauer aus Türen umgeben. Uhlenspiegel hatte sich eine Woche nicht blicken lassen und erschien an einem Abend wie ein abgehetzter Wind im Ort.

Leib und Seele habe ich aufs Spiel gesetzt um herauszufinden, was der Feind, euer nach außen hin ach so friedlicher Nachbar, vorhat. Morgen werden sie euch überraschen. Versteckt euch in den Löchern hinter den Türen. Die Überraschung wird auf eurer Seite sein und ihr könnt genüss-lich zusehen, wenn der Feind im Angesicht eurer Türmauern unverrichteter Dinge abziehen muss.

Den Tag darauf wartete Uhlenspiegel die Dunkelheit ab. Zufrieden beobachtete er, wie sich die Bürger von Schilda in ihren Löchern verschanzten. Dann schritt er von außen die Türmauern ab, kappte mit einem Messer die Seile, mit denen die Türen im Gleichgewicht gehalten wurden und gab den so befreiten Türen zusätzlich einen ordentlichen Tritt in den Türallerwertesten, sodass sie über das dahinter liegende Loch stürzten. Nachdem die letzte Tür eingefallen war, lief er in die leeren offenstehenden Häuser, stopfte die restlichen Schätze in mehr als einen riesigen Sack und schleppte den Bürgern von Schilda ihr Eigentum über die eigenen Köpfe hinweg zu sich nach Hause.

Wahrheit
Ist ein Kleid,
Das man(n) besonders gern sieht,
Wenn es gekürzt ist.

Traumgold

Hans im Glück
Ist ein Lebensstück
Aus einer anderen Welt,
Wo der Zufall Hofstaat hält.
Aus guten Gründen
Wird man herausfinden,
Trotz allem Hoffen
Sind in dieser Welt die Türen
verschlossen.
In solche Räume
Gelangt man nur durch Träume.

4.
Tief(ab)gründig

Die Bürger von Schilda waren Menschen ihrer Zeit und so beschlossen sie, den Fortschritt Tribut zu zahlen. Fortschritt bedeutete nicht weniger als immer mehr und größer: mehr Häuser, mehr Kühe, größere Häuser, natürlich eingeschlossen ein größeres Rathaus und eine neue Kirche. Darüber entbrannte bald ein heftiger Streit, wo sollte der Fortschritt gewaltiger zupacken, beim Rathaus oder bei der Kirche? Es war zu entscheiden, ob der Turm des Rathauses oder die Spitze der Kirche höher zu bauen seien.

In diesem heftigen Glaubensstreit begab es sich, dass unverhofft Uhlenspiegel des Weges kam. Er ließ sich einige Tage in Schilda gut gehen und beobachtete in sicherem Abstand die Auseinandersetzung.

An einem Tag, als er des Vergnügens und des genüsslichen Betrachtens überdrüssig geworden war, erließ er einen Aufruf, sich nächsten Tages auf dem Marktplatz zu versammeln. Manches sei zu besprechen und er dächte, einen Ausweg aus der Sackgasse, in die sich der Fortschritt verirrt hatte, gefunden zu haben. Am nächsten Tag versammelten sich alle Bürger und in Anbetracht der Wichtigkeit des Zusammentreffens brachten sie ihre sämtlichen Tiere mit. Wenn es etwas abzustimmen geben würde, sollte jede Kreatur ein Mitspracherecht eingeräumt bekommen, da doch jeder betroffen sei, was sich am Beispiel der Fledermäuse zeige. Aus unerklärlichen Gründen hausten diese Blutsauger nur im Kirchturm und nicht im Rathausturm, böse Zungen behaupteten der Grund sei, weil es im Rathaus bereits genügend andere Blutsauger gäbe. Und waren die Fledermäuse nicht besonders betroffen, denn fiel die Entscheidung auf den Kirchturm, mussten sie die nächsten Jahrhunderte täglich höher fliegen, nach dem Blutsaugen ihre Wohnstätte zu erreichen.

Der Fortschritt fußt auf der Vergangenheit, um etwas Gegenteiliges hervorzubringen, begann Uhlenspiegel seine Rede in gestochenen Worten.

Die Kirche hat viele hundert Jahre am höchsten über euren Köpfen gethront, da sie sich dem Himmel am nächsten fühle. Fortschritt könne für den einen oder anderen wohl bedeuten, dies umzukehren. Ich habe viel gesehen, in nicht wenigen Ländern die heftigsten Handgreiflichkeiten, solchen Streit auszutragen. Am Streit kann es jedoch niemandem von euch gelegen sein. Nun kann unsereins auf die Idee verfallen, beide Türme gleich hoch zu errichten. Auch dies hat sich als keine Lösung herausgestellt, wie die Geschichte gezeigt habe. Plötzlich wurden allerlei Symbole erdacht, sei es ein Kreuz, eine Kugel, ein Halbmond oder ein Tannenbaum, die auf die Turmspitze angebracht wurden, um den Anderen doch noch zu übertrumpfen.

In einem Fall hatte sich sogar zugetragen, dass die kirchliche Seite ihren Konkurrenten im wahrsten Sinne des Wortes untergraben hat. Sie streute das Gerücht, unter dem Rathaus sei ein verlorengegangener Goldschatz verborgen. Es dauerte nicht lange und unzählige unsichtbare Hände begannen, das Rathaus an allen Ecken und Enden zu untergraben. Nach nicht einmal einer Woche hatten sie eine zehn Meter tiefe Grube unter dem Rathaus geschaffen, in die das Gebäude abrutschte und somit um die gleiche Länge kleiner wurde. Dies käme von der weltlichen Gier nach Reichtum, erklärte der Pfarrer hinterher und die Sache war für die Kirche zu einem guten Ende gekommen.

Es machte sich Unruhe breit, die Bürger von Schilda waren nicht gewillt, den langweiligen Ausführungen Uhlenspiegels weiter zuzuhören. Eine Lösung sei versprochen worden und wenn schon Bürgermeister und Kirche pflegten, Versprechungen nicht einzuhalten, sollte Uhlenspiegel sich nicht im selben Vorrecht wähnen, denn er sei weder Bürgermeister noch Pfarrer.

Lasst mich zu einem Ende kommen, beruhigte Uhlenspiegel seine Zuhörer. Nach oben bauen bringt kein Glück. Der Pfarrer könne davon ein Lied singen, denkt man an die Geschichte des Turmbaus zu Babel. Der Bürgermeister kann ein gleiches Lied singen, ein hoher Turm bereitet nur unnötige Kosten. Macht es also keinen Sinn, in die Höhe zu bauen, warum baut ihr nicht in die Tiefe. Bis in den Himmel gelangt ihr ohnehin nicht. Mit etwas Glück erreicht ihr aber auf diese direkteste und deshalb kürzeste Weise ans andere Ende der Welt. Ein vortrefflicher Wettstreit, ob Kirche oder Rathaus schneller im Abgrund versinken, um als erster auf der anderen Seite der Welt wieder hervorzukommen. Nun werdet ihr euch fragen, welchen Sinn es macht, ein derart tiefes Loch zu graben. Ich könnte euch viele Gründe nennen, wohnt nicht das Gold in der Erde, ebenso die Geister der Verstorbenen, mit etwas Glück trefft er sie an, gewiss aber die geheimnisvollen Quellen, aus denen die Bäume ihre Kraft ziehen. Oder was meint ihr, warum sie sich sonst die Mühe machen, mit ihren Wurzeln in die dunkle, kalte, geheimnisvolle Erde hinabzuwandern? Nach unten Geld werdet ihr viel mehr finden als wenn ihr nach oben in den Himmel baut. Dort gibt es nur Wolken, Wolken und noch mehr Wolken, ab und zu ein verirrter Sonnenstrahl oder ein verwirrter Vogel.

Das Wichtigste habe ich noch nicht offen gelegt. In der Mitte der Erde befindet sich ein riesengroßer Spiegel. Er spiegelt alles, was auf der einen Seite geschieht geradewegs auf die andere Seite hinüber. Auf der anderen Seite gibt es euer vollkommenes Spiegelbild, es gleicht sich in allem, bis zum kleinsten Grashalm.

Nun werdet ihr denken, warum sollen wir uns die Mühe machen auf die andere Seite zu gelangen, wenn dort nichts anderes vorzufinden ist als wir selbst, dieselbe Frau, dieselbe Kuh, dasselbe

Haus. Und wird es nicht manchem Missvergnügen bereiten, sich selbst anzutreffen? Lasst mich euch ein weiteres kleines Geheimnis verraten, warum sich diese Mühe dennoch lohnt.

Uhlenspiegel machte eine Pause. Die Spannung wuchs. Jeder war mucksmäuschenstill, so war sogar das wachsende Gras auf einmal zu hören.

Habt ihr nicht bedacht, dass die andere Seite dieser Erdkugel der Sonne ein beträchtliches Stück näher ist? Und dies bedeutet nichts anderes, als dass die andere Seite der Welt uns in der Zeit etwas voraus ist. Überall dasselbe, nur bereits in der Zukunft. Was das bedeutet, brauche ich euch nicht zu erklären. Habt ihr erst einmal den geheimnisvollen Spiegel erreicht, seht ihr gewissermaßen in die Zukunft, so sicher wie das Amen in der Kirche. Und die Kirche, das Rathaus, haben sie euch jemals die Zukunft schauen lassen?

Die Bürger von Schilda standen bald mit weit aufgerissenen Mäulern auf dem Marktplatz, nachdem ihnen die Tragweite von Uhlenspiegels Worten langsam dämmerte. Jeder eilte nach Hause und kehrte mit Schaufel, Hacke und anderem erdenklichen Werkzeug zurück.

Uhlenspiegel ließ sich zusichern, für seinen Einfall jeden Goldklumpen zu erhalten, der auf diese Weise ans Tageslicht befördert wurde. Dabei sei jedoch Vorsicht walten zu lassen. Zwar glänze das Gold in der Sonne, es sei aber nichts anderes als der Freund eines finsteren Gesellen, warum sonst hielte es sich in der Erde verborgen und ein jeder Goldklumpen würde sich kräftig weigern, ans ehrliche Tageslicht gezerrt zu werden.

Es könne auch sein, erklärte Uhlenspiegel, die eine oder andere Wahrheit werde beim Graben ans Tageslicht kommen. Da die Wahrheit aber das kostbarste aller Güter darstellt, könne er nicht auch noch darauf bestehen, die Bürger von Schilda sollten ihm diese Wahrheiten ebenfalls schenken. Vielmehr dürften sie dieses kostbarste Gut, die ans Tageslicht gebrachte Wahrheit, behalten, es würde ihnen den Weg versüßen, sich bis in die Zukunft vorzuarbeiten.

Welches Loch, die Grube unter dem Rathaus oder die Grube unter der Kirche, den Wettlauf in die Zukunft gewann, wurde Uhlenspiegel nicht mehr ansichtig. Nachdem sich genügend Goldklumpen gefunden hatten, zog er zufrieden von dannen und überließ es den Bürgern von Schilda, in der Vergangenheit, in der vergangenen Erde, nach ihrer Zukunft und nach der gewesenen Wahrheit zu graben.

Die Politik
Gibt,
Was der Staat
Nicht hat.

Drehsprache der Wendezunge

Wir schweigen
Wenn wir reden
Und reden
Wenn wir schweigen.
Wir bleiben,
Wenn wir die gehen
Und gehen
Wenn wir bleiben.
Wir träumen
Wenn wir lieben
Und lieben
Wenn wir träumen.
Wir freuen
Wenn wir siegen
Und Siegen
Wenn wir freuen.

5.
Tiefe Einblicke

*A*ls Uhlenspiegel wieder einmal des Müßiggangs überdrüssig wurde, beschloss er, die Bürger von Schilda heimzusuchen. Heimsuchung scheint das rechte Wort, denn am Ende war kein Stein mehr so auf dem anderen wie zuvor. Kein Orkan hätte schlimmer zu wüten vermocht. Nur brachten es die Bürger von Schilda fertig, ihr eigener Orkan zu sein. Dafür gingen sie in die Geschichte der Zweibeiner ein, was nicht jedes Volk dieser seltsamen Kugelerde von sich behaupten kann.

Du musst alles auf den Kopf stellen, dachte Uhlenspiegel. Dann schaut die Welt gleich anders aus. Gewiss konnte einer auch sich selbst auf den Kopf stellen, um dieses Ergebnis zu bekommen. Wenn man die Anderen bewegen konnte, die Welt auf den Kopf zu stellen, ersparte es die Mühe, sich selbst auf den Kopf zu stellen.

Uhlenspiegel steckte sich ein paar Kartoffeln in die Hosentaschen, nicht als Proviant, als Anschauungsmaterial und begab sich auf den Weg.

Kaum war er in Schilda angekommen, machte er sich daran, den prächtigen alten Apfelbaum, der seit vielen Jahrzehnten das Rathaus zierte, auszugraben.

Als die Bürger von Schilda seines Treibens ansichtig wurden, stürzen sie in heller Aufregung zusammen.

Was in aller Welt stelle er an, rief der Bürgermeister, dem seltsamen Tun Einhalt zu gebieten.

Uhlenspiegel griff in seine Tasche und holte die Kartoffeln hervor.

Bei seinem letzten Besuch hatte er voll Erstaunen festgestellt, dass die Erdfrucht bei den Bürgern von Schilda unbekannt war.

Seid ihr nicht überdrüssig, all die Jahre dieselben Äpfel essen zu müssen?, fragte er in die Runde.

Dabei biss er in die rohe Kartoffel und seine Augen funkelten, als rutschte ein feiner Gänsebraten seine Kehle hinunter.

Was die Sonne kann, das kann die dunkle Erde ebenso, fuhr er fort. Ihr müsst nur alles auf den

Kopf stellen, dann gibt euch die Erde ihre Geheimnisse Preis.

Er erklärte, warum der Apfelbaum ausgegraben und dann verkehrt herum wieder ins Loch gesteckt werden müsse.

Nach einem Jahr werden die süßesten Erdäpfel an seinen Wurzeln wachsen. Ihr werdet euern fetten Schweineschmalz, den knusprigen Gänsebraten, die blutrünstige Rotwurst, die flaue Leberpastete vergessen, habt ihr das erste Mal von dieser Frucht genossen.

Das leuchtete ein und so machten sich die Bürger von Schilda daran, Uhlenspiegel fleißig zu unterstützen, ihren eigenen Apfelbaum auszugraben und auf den Kopf zurück in die Erde zu stellen. Als die Arbeit verrichtet war, zeigte Uhlenspiegel auf die großen Eichen. Es waren gewaltige Bäume, die entlang der gesamten Dorfstraße standen. Uhlenspiegel kramte eine Frucht aus seiner Tasche, die ihm ein Seefahrer aus der fernen Südsee mitgebracht hatte. Sie schmeckte wie Honigtau auf einer milchüberfluteten Wiese.

Hier seht ihr Erdkirschen, erklärte Uhlenspiegel. Bei den Erdäpfeln werdet ihr meinen, im

Paradies angekommen zu sein. Wenn ihr aber erstmal in diese Erdkirschen beißt, wird euch das Paradies wie ein verwilderter Garten vorkommen. Alles wird in bunten Farben leuchten, das Glück wird unentwegt in eurem Blut kreisen und euer Körper wird sich anfühlen, als schwebtet ihr in einer seidenen Luft.

Diese Aussichten schien es wert, die gewaltigen Anstrengungen auf sich zu nehmen.

Tagelang gruben, schaufelten, zerrten und wuchteten die Bürger von Schilda, bis sie am Ende alle Eichen verkehrt herum in den Boden gesteckt hatten.

Dabei wollte es Uhlenspiegel aber nicht bewenden lassen.

Auch wenn ihr müde von der vielen Arbeit seid, noch nicht die Früchte eurer Arbeit genießen könnt, gilt es fortzufahren. Ihr seid Teil eines gewaltigen Werkes. Auf meiner Reise durch die Welt habe ich einen Menschen getroffen, der es zu großer Berühmtheit gebracht hat. Und das ganze nur, weil er eine Sache umdrehte, auf den Kopf stellte.

Uhlenspiegel zeichnete ein Schiff in den Sand.

Dreht dieses Brot um und stellt es euch als Haus vor, dann habt ihr eine Vorstellung von der Leistung dieses Mannes.

Da nicht alle Bürger von Schilda seine Worte verstanden, ließ er die Erde, auf die er das Boot gezeichnet hatte, ausgegraben und umgedreht wieder in die entstandene Grube einsetzen.

So müsst ihr es anstellen. Und soll euer Ort für alle Zeiten berühmt werden und sich abheben von den Millionen anderen Dörfern dieser Erde, müsst ihr dergestalt mit euren schönsten großen Gebäuden verfahren.

Uhlenspiegel zeigte auf das Rathaus, alle begriffen, was er meinte.

Die Aussicht, sich von der nichtssagenden Masse des Menschengeschlechts abzuheben, ließ sie zu dem Ergebnis kommen, dass es sich um eine vortreffliche Idee handelte.

So wurde das Rathaus von Schilda Stein für Stein abgetragen und verkehrt herum wieder aufgebaut. Die vier Schornsteine wirkten wie die mächtigen Beine eines Elefanten, auf denen das schräge Dach schwebte. Oben drauf ein viereckiger Kasten und zum Abschluss die dicke Platte des Fundaments. Die Folge war, dass das Rathaus nur noch über eine Leiter zu erreichen war, was besonders den Bürgermeister verdrießlich stimmte.

Ungleich schlimmer war jedoch, dass ein äußerst fragiles Gebilde entstanden war, dass sich nur mit Mühe im Gleichgewicht hielt. So musste dafür Sorgen getragen werden, dass sich auf beiden Seiten des Rathauses gleich viele Menschen befanden, damit es nicht zur Seite kippte. Ebenso war es nötig, dass sich auf beiden Seiten des Rathauses die gleiche Anzahl von Problemen befanden und dass die Gesetzesbücher bis zur gleichen Seite auf beiden Seiten des Rathauses aufgeschlagen wurden. Wegen der Bedeutsamkeit des Bürgermeisters konnte er nur durch das Gegengewicht von drei Beamten ausgeglichen werden. Verließ der Bürgermeister sein Büro, um das gewisse Örtchen für Männer, welches sich unglücklicherweise auf der anderen Seite seines prächtigen Herrschaftsraumes befand, aufzusuchen, stürzten drei Beamte aus ihren Stuben und okkupierten den für die Frauen vorgesehenen Notdurft-Raum auf der Gegenseite. Ob bei der ganzen Ausbalanciererei ebenso darauf zu achten war, wieviel der Bürgermeister zum Mittagstisch vertilgte und um wieviel er sich später erleichterte, ist nicht überliefert

Uhlenspiegel jedoch hatte seine wahre Freude an dem seltsamen Treiben. In der Nacht band er einige Kartoffeln und Südseefrüchte an die in die Luft ragenden Wurzeln der Bäume, um die Bürger von Schilda etwas für ihre Mühe zu entschädigen. Am nächsten Tag stellte er sich auf den Marktplatz und fertigte eine Zeichnung von dem Rathaus und der umgedrehten Baumallee an.

Er werde dafür sorgen, dass dieses Bild in jedes Buch dieser Welt aufgenommen wird, um somit den Bürgern von Schilda unvergleichlichen ewigen Ruhm zu bescheren.

Wie er so im Zeichnen vertieft war, als sei er selbst eine Statue aus Stein, kam es, dass ein Hund sein Geschäft an Uhlenspiegels Bein verrichtete. Schließlich waren die Hunde doch ihrer Baumstämme beraubt worden. Uhlenspiegel aber hatte kein Verständnis für ihre Notlage und meinte, ihm sei von diesem Vierbeiner auf die übelste Weise mitgespielt worden.

Was fresst ihr eure Gänse, rief er den Bürgern von Schilda aufgebracht zu. Habe ich euch nicht gelehrt, alles anders, andersherum anzustellen? Wisst ihr nicht, die Gänse sind die vortrefflichsten Wächter, die sich einer vorstellen könne. Schon die alten Völker haben davon gewusst, nur ist dieses Wissen aus der Welt geschaffen worden, den Räubern ihrer Arbeit zu erleichtern. Nehmt ihr die Gänse zu Wächtern, was wird mit dem Gänsebraten, werdet ihr euch fragen. Ihr müsst nur zu Ende denken. Sind die Gänse eure Wächter, was braucht ihr länger Räubern zu wehren.

Er zeigte auf den Vierbeiner, der sein linkes Hosenbein getauft hatte.

Hier ist euer Gänsebraten, rief er. In anderen Ländern sind die Menschen längst dahintergekommen.

Gewiss hätte er eine leichtere Lösung finden können, eine Lösung für die Hunde, ihr Geschäft und die verlorenen gegangenen Baumstämme. Es wäre jedem Hund nur ein dünnes Baumstämmchen am Hinterbein umzubinden gewesen. Die Hunde hätten sich nicht mehr die Mühe bereiten müssen, einen dem Geschäft angenehmen Baum zu suchen, trügen die dafür notwendige Utensilie gewissermaßen mit sich und wären obendrein in der Lage gewesen, überall geschäftig zu werden. Uhlenspiegel jedoch schien dem einen Hund die

Taufe seines Beines nicht zu verzeihen und so führte der Fehler eines Einzelnen dazu, dass alle leiden mussten, ein Theaterstück, das auf der seltsamen Kugelerde ständig aufgeführt wurde.

Mit diesen Worten verließ er das beschauliche Schilda. Die Chronik weiß zu berichten, dass kurz nach seiner Abreise die erste Teilbewegung der Bremer Stadtmusikanten einsetzte. Alle Hunde nahmen Reißaus. Anders als die Bürger von Schilda schienen sie nicht die Auffassung zu vertreten, das Leben würde viel lebenswerter, stellte man nur alles richtig, Pardon, fälschlich, auf den Kopf.

Ein Taschendieb
Sieht
Nicht auf Äußerlichkeiten.
Er will den Inhalt begreifen.
Ist das nicht allerhand
Anstand?

6.
Hellseherei in der Dunkelheit

*U*hlenspiegel wurde des Alltags überdrüssig und beschloss, den Bürgern von Schilda einen erneuten Besuch abzustatten. Dazu kleidete er sich in seltsamer Weise, dass einer meinen konnte, einer Vogelscheuche oder einer zum Leben erweckten Hexe zu begegnen. Gerade die Hexen hatten es ihm angetan. Und da er nicht einsehen wollte, warum nicht auch ein Mann für diesen Beruf geschaffen sein sollte, beschloss er, die Bürger in dieser Verkleidung aufzusuchen. Um den Eindruck zu verstärken, hatte er einen schwarzen Raben auf der einen Schulter sitzen, über der anderen hing ein altes mottenzerfressenes Katzenfell.

Kaum hatte er den beschaulichen Ort betreten, da ergriffen auch schon alle, die ihn erblickten, die Flucht. Es lag weniger an Uhlenspiegel, als an dem schwarzen Raben, der unentwegt furchtbare Flüche und Schimpfwörter über die Bürger von Schilda ausschüttete.

Uhlenspiegel nahm kurzerhand eine Kastanie vom Boden auf und steckte den Schnabel in die

Kastanie hinein, sodass der Vogel sein lautes Mundwerk nicht mehr aufreißen konnte.

Nachdem die Schimpftiraden verklungen waren, wagten sich die ersten in Uhlenspiegels Nähe, den Grund seines Erscheinens herauszufinden. Uhlenspiegel hatte einen großen runden Tisch, wie er erst viele hundert Jahre nach seinen Lebzeiten modern zu werden drohte, sowie ein paar Stühle herangetragen und hockte reglos vor den Holzgebilden. Von der Platte des Tisches hing nach allen Seiten ein dunkles Tuch bis auf den Boden.

Von einer seiner vielen Reisen hatte Uhlenspiegel ein seltsames Stück Eisen mitgebracht. Es war imstande, eisenhaltige Gegenstände anzuziehen und war sogar in der Lage, aus einer Entfernung von einem Meter einen dicken Nagel aus einem Holz herauszuziehen. Dieses Metallgebilde hatte er sich an den Fuß gebunden, oben auf der Tischplatte aber lag ein kleines Stück Eisen, die Unterseite mit Ruß geschwärzt.

Uhlenspiegel war zufrieden zu sehen, wie die Falle zuschnappte. Nachdem zehn Bürger am Tisch Platz genommen hatten, erklärte er den Grund seines Erscheinens.

Die Natur habe es gut mit ihm gemeint und ihm die Fähigkeit verliehen, in die Zukunft zu sehen. Es handele sich aber um ein gefährliches Unterfangen. Wer durch ihn als Medium in die Zukunft schauen wolle, müsse damit rechnen, dass ihm die Zukunft strenge Dinge, die zu tun seien, auferlegte. Wie sonst sollte die Zukunft eintreten? Und wer es vergaß, diesen Anweisungen zu folgen, musste damit rechnen, binnen einer Woche von einer schweren Krankheit befallen und dahingerafft zu werden.

Obgleich sie sich aus diesem Grund im Angesicht des Todes wähnten, war die Neugierde stärker und ein jeder Bürger von Schilda wollte seine Zukunft erfahren.

Als erstes war der Bürgermeister an der Reihe, gegen einen stattlichen Obolus, was sich von selbst verstand. Uhlenspiegel bewegte nun seinem Fuß unter dem Tisch und das kleine Metall folgte jeder kleinen Bewegung.

Da es rußgeschwärzt war, hinterließ es dunkle Spuren, die sich zu Buchstaben, die Buchstaben zu Wörtern und die Wörter zu ganzen Sätzen fügten. Wie von Geisterhand. Der Bürgermeister wurde, anders als die Buchstaben, kreidebleich, als er das ganze sah und dazu noch die Botschaft aus der Zukunft las.

Du wirst alle Steuern zurückzahlen. Unrechtmäßig sind sie abverlangt worden. Dann aber wirst du einer grässlichen Krankheit entrinnen. Sie hängt bereits als Damoklesschwert über deinem Kopf.

Da der Tisch mit diesen Botschaften vollständig ausgefüllt war, beschloss Uhlenspiegel, für heute die spirituelle Sitzung zu beenden.

Er sei müde, erklärte er den Anwesenden. Eine große Anstrengung bedeute es, mit der Zukunft zu ringen, sie aus ihrem Versteck zu zerren. Hier habe er bereits eine Liste mit einfachen Speisen und Getränken vorbereitet, die ihm wieder zu Kräften verhelfen werden, mit der Arbeit morgigen Tages fortzufahren.

Es muss nicht erwähnt werden, dass es sich um die erlesensten Gaumenfreuden handelte, die das menschliche Hirn sich vorzustellen imstande war. Dabei war der wesentliche Grund für die Unterbrechung aber ein anderer. Sie sollte dem Bürgermeister die Zeit einräumen, die Geldkiste aus dem Rathaus zu holen und all die erhobenen Steuern an die Bürger zurückzuzahlen.

Da dies erst einmal geschehen musste, konnte Uhlenspiegel von jedem, der die Zukunft hören wollte, einen anständigen Obolus abverlangen. Dieser würde nicht mehr und nicht weniger betragen, als die Summe, die ein jeder zurückerhalten hatte.

Nichts anderes hatte er auf seinen vielen Reisen in der Welt gesehen, als er durch die Fenster der großen Rathäuser in die dunklen Gebäude hineinlugte. Überall wurde gegeben, um anschließend wieder zu nehmen. Von großem Glück konnten die wohlhabenden Bürger reden, denen nach dem Geben nicht mehr als das zuvor verabreichte abgenommen wurde.

Auf die Art, wie Uhlenspiegel verfuhr, war niemand ärmer als vorher und der Bürgermeister konnte obendrein seine Seele erleichtern, indem er vergangenes Unrecht wieder in Ordnung brachte.

Am nächsten Tag saß als erster der oberste Stadtrichter am Tisch. Er hatte alles so eingefädelt, dass ihm niemand zuvorkommen konnte. Uhlenspiegel starrte ihn lange in die

Augen, als könne er dahinter lange Romane oder zumindest dicke dunkle Gesetzesbücher lesen. Dann begann die Geisterhand zu tanzen und bald stand folgende Botschaft auf dem Tisch:

Du wirst morgen kopfüber in einen Misthaufen stürzen und erst nach einer Stunde dich aus dieser misslichen Lage befreien können.

Auch der oberste Stadtrichter wurde kreidebleich. Er war mit einer feinen Nase ausgestattet, besonders für die wohlschmeckenden Speisen nach der harten Arbeit der Urteilsverkündungen; manchmal schon hatte er Übeltäter nach ihrem Geruch und nicht nach ihrem Vergehen verurteilt. Er hielt sich nur in den Orten der Stadt auf, wo er sich weit genug von jedem Gülleloch wusste.

Uhlenspiegel strich von ihm einen gehörigen Obolus ein, legte noch einigen weiteren ihre Zukunft dar und vertagte, wie üblich unter Hinweis auf seinen kräftigenden Speisezettel, alles auf den nächsten Tag. Dann wolle er aber erst am Mittag beginnen. Die Arbeit sei um diese Zeit weniger anstrengend, da die Zukunft im Allgemeinen um die Mittagszeit ausruhe und leicht zu überraschen sei und somit von ihm einfacher ans Tageslicht gezerrt werden konnte. In Wirklichkeit wollte er nur des Schauspiels teilhaftig werden, das auf den obersten Richter wartete.

Dieser begab sich am nächsten Morgen in getriebener Unruhe aus der Stadt und verschwand auf dem erstbesten Bauernhof.

Anfangs zögerte er etwas. Aber sollte er es mit der Zukunft aufnehmen, um am Ende krank und tot als Verlierer dazustehen, genauer gesagt, dazuliegen, denn allgemeiner Weise pflegten Tote ihr weiteres Leben im Liegen zuzubringen.

Also kletterte der oberste Richter, wie es seiner Stellung angemessen war, auf den höchsten Baum und stürzte sich kopfüber in einen dampfenden, gülletriefenden Dunghaufen. Dort verharrte er eine Stunde, keine Sekunde weniger, keine Sekunde länger, denn auf Genauigkeit verstand er sich von Berufs wegen auf das Vortrefflichste, bevor er es wagte, diesen unrühmlichen Ort zu verlassen. Er verbreitete einen bestialischen Gestank, dass selbst die elenden Straßenköter winselnd Reißaus nahmen, wohlgemerkt auf drei Pfoten, die vierte benötigten sie, sich die Schnauze zuzuhalten.

Die Begebenheit sprach sich schnell herum.

Alle wurden mit Ehrfurcht erfüllt, denn es hatte sich so zugetragen, wie Uhlenspiegel geweissagt hatte. Der oberste Richter hatte mit dem Obolus selbst seine Zukunft bezahlt, denn so pflegt das Leben zu verlaufen.

Uhlenspiegel aber hatte noch nicht vollends genug vom Possenspiel gehabt. Mittlerweile war seine wahrsagerische Reputation derart angewachsen, dass die Bürger von Schilda ihm wohl alles glaubten. Selbst wenn er es nur erzählte und sich die beschwerliche, rührende Mühe sparte, mit seinem Fuß unter dem Tisch geheimnisvolle Botschaften zu schreiben.

Es schien nicht recht klar, ob es ein Vorteil bedeutete, sich von Uhlenspiegel die Zukunft aufdecken zu lassen oder nicht. Nachdem der oberste Richter auf treffliche Weise vorgemacht hatte, dass die Zukunft gewisslich eintreten würde und ihre Vorhersage die Möglichkeit bot, dem Schicksal mit gefasstem Mut zu begegnen, gehörte es zum guten Ton der Selbstverständlichkeit, sich der wahrsagenden Prozedur zu unterziehen.

Uhlenspiegel meinte, es könne nicht schaden, dem Ganzen einen Rahmen an Geheimnisvollem zu verleihen. Deshalb befahl er ab jetzt den Bittstellern, den Kopf unter eine schwarze Decke zu stecken. Darunter hockte bereits eine schwarze Katze, die den neuen Kopfgast mit ihren funkelnden Augen anstarrte. Und nicht selten fauchend ins Gesicht sprang. Um das Schauspiel, das Uhlenspiegel von außen mehr behörte als betrachtete, noch abwechslungsreicher zu gestalten, hatte der Schalk manch anderes Getier unter das Tuch gesteckt. Zu allermeist kehrte nach einer Weile des Kampfes Ruhe ein. Dann legte Uhlenspiegel von außen seinen Mund an das dunkle Tuch und flüsterte dem armseligen Opfer die hart erstrittene Zukunft ins Ohr.

Dem Uhlenspiegel war nicht entgangen, dass es einige ansehnliche Weiber in Schilda gab. Als der Bürgermeister erneut vorstellig wurde und nachdem der Kopf des Bürgermeisters unter der Decke den Kampf mit dem seltsamen Getier überstanden hatte flüsterte ihm Uhlenspiegel ins Ohr:

Ein furchtbares Unglück wird deinen Ort treffen. Es lauert bereits in einer dunklen Nische hinter der schwarzen Mauer der Zukunft. Die Erde wird sich auftun, euch samt eurer Stadt zu verschlingen.

Kreidebleich kam der Kopf des Bürgermeisters aus dem Tuch hervor. Als Uhlenspiegel seine entsetzten Augen sah, packte er den Schopf des Bürgermeisters und drückte ihn wieder unter das Tuch.

Ich werde sehen, ob sich mit der Zukunft verhandeln lässt, für euch einen anderen Weg zu gehen. Du aber rühre dich nicht, es komme was wolle, bis ich zurückgekehrt bin, um nicht noch größeren Unwillen der Zukunft auf dich zu lenken.

Während der Kopf des Bürgermeisters regungslos unter dem Tuch verschwunden blieb, ständig von der misstrauischen Katze umkreist, ging Uhlenspiegel erst einmal ins Wirtshaus und speiste einige Touren die Speisekarte rauf und runter.

Dazu genoss er nicht wenig von dem Wein, denn ihm wurde als wichtiger Gast alles umsonst aufgetragen.

Es war bereits abends, als er sich an den armen katzenumkreisten Kopf des Bürgermeisters erinnerte. Er lief zurück und fand alles dergestalt regungslos vor, wie er es verlassen hatte.

Höre, du elende Kreatur, sagte er zum Kopf des Bürgermeisters. Den ganzen Tag habe ich mit der Zukunft gerungen. Schließlich habe ich sie überreden können, einen anderen Weg einzuschlagen. Denke aber nicht, sie lässt sich den Umweg nicht bezahlen. Sie hat mir aufgetragen, dass euer ganzes Dorf ebenso einen Umweg gehen muss, wie sie es tut. Und da sie es leid ist, euch zu sehen, wie ihr euch mit kostbarem Geschmeide ein verkehrtes Aussehen gebt, sollt ihr den Umweg gehen wie die Natur euch erschaffen hat.

Das Ganze bedeutet nichts anderes, als dass alle Bürger von Schilda nur von der Haut bekleidet am nächsten Tag trotz herbstlichen Wetters dreimal um ihr Dorf laufen mussten.

Dies entsprach dem Umweg, den die Zukunft zu gehen hatte, damit das vorgesehene Schicksal nicht eintrat.

Nachdem Uhlenspiegel die seltsame Prozedur, besonders den weiblichen Teil der Prozedur, eine Weile betrachtet hatte, machte er sich heimlich aus dem Staub, aus dem Dunststaub der Zukunft. Weiß denn einer, ob es sich die Zukunft am Ende noch anders überlegt und ihn samt Schilda im aufgerissenen Rachen der Erde verschwinden lässt?

Manchmal weiß selbst die Zukunft nicht mehr, was die Zukunft bringen wird. Denn hat nicht jedes Ding, egal ob ein zappelnder Fisch im Wasser oder ein regungsloser Felsklotz am Wegesrand, tief und unsichtbar in sich versteckt, seine eigene wechselhafte Laune?

Manch Goldgräber hat
Statt
Der Stecknadel
Einen runden
Heuhaufen gefunden.

Blattmundwerk

Ich nehme kein Blatt vor den Mund.
Na und,
Antwortete der Baum.
Schau'n
Sie mich im Winter an.
Dann
Nehme ich bei klarem Wetter
Zehntausende Blätter
Nicht vor den Mund
Und
Ich kann nicht sagen

7.
Fliegende Gaben

Als Uhlenspiegel der Ruhe und Gemütlichkeit seiner Zurückgezogenheit überdrüssig geworden war, erinnerte er sich der Bürger von Schilda und seine im Kopf hin- und herspringenden Gedanken beschlossen, Arme und Beine in Bewegung zu setzen, um sie, Gedanken und Kopf, nach Schilda zu tragen. Der Weg war ihm trotz der zurückliegenden und an Zahl nicht wenigen Jahren noch sehr vertraut, gewiss vertrauter als eine Frau, denn bis in den manchmal glücklichen, zuweilen aber ebenso unseligen, in jedem Fall aber gehobenen Stand der Ehe hatte er es nie gebracht.

Es war schwer vorstellbar, welches Frauenbild in der Lage war, jeden Morgen neben einer klirrenden Zipfelmütze zu erwachen und in denselben Spiegel zu schauen, in dem noch schattenhafte Abdrücke einer schalkhaften Fratze ruhten. Entgegen dem eingerosteten Zustand nach den vielen Jahren der Ruhe, machten sich seine Glieder zügig in Bewegung und ratterten nun umso heftiger und schneller, je dichter sie sich dem kleinen Ortsschild näherten.

Überstürzt stürzte er in die kleine Stadt, stolperte über das Schild am Ortseingang, dass er gleich einer Kugel in drehenden Bewegungen die abschüssige Straße zum Marktplatz hinabrollte. Alles, was dazu in der Lage war, kreischende Frauen, blökende Ziegen, grunzende Schweine, selbst störrische, wuchtige Ochsen, sprangen erschrocken zur Seite, von der menschlichen Kugel nicht überrollt zu werden.

Auf dem Marktplatz kam das seltsame Gebilde zum Stehen. Nicht wenige Augen beobachteten die sich entfaltende Kugel, bald stand Uhlenspiegel in all seiner bunten, klirrenden Pracht vor ihnen.

Bürger von Schilda!,

rief er mit aufgesetzter zitternder Stimme. Eile sei geboten, was unschwer an der Art seiner Fortbewegung zu erkennen war. Nicht wenige, an der Zahl über einhundert Räuber seien hinter ihm her und hinter den Räubern ebenso viele Polizisten. Hinter den Polizisten aber jede Menge gaffendes Volk. Und diese menschliche Lawine würde sich bald über ihre beschauliche Stadt ergießen. Ihre Wucht unvergleichlich größer als der Hauch des Anflugs, den er als rollende Kugel verursacht hatte.

Was denn um der Wolke willen Ursache dieser anrollenden Lawine sei?, wollten die Bürger von Schilda wissen.

Und Uhlenspiegel legte es ihnen in umständlichen Worten dar, bis er abkürzend wiederholte:

Die Räuber seien gekommen, ihnen alles zu stehlen, was sie sich im Laufe des zurückliegenden Jahres mühsam zusammengearbeitet hatten. Die Polizei wiederum bestünde aus zwei Abteilungen.

Die erste, die Räuber einzufangen und im Namen der Regierung die Räuber zu berauben, ihnen das gestohlene Gut zu entreißen und nicht etwa den rechtschaffenen Besitzer zurück zu überreichen, sondern in den gewaltigen Schlund des riesigen Verwaltungsgebäudes vom obersten Minister zu tragen.

Die zweite Abteilung sei von dem Minister des Geldes, der einer riesigen menschlichen Kugel mit speckglänzendem Scheitelpunkt glich, geschickt, ihnen mit offizieller ernster Paragrafenmiene den Rest abzufordern, der ihnen nach den Räubern geblieben war. Die Nachhut der gaffenden Menge aber würde alles Vertilgbare wegschmatzen und wegsaufen, ohne auch nur den kleinsten Heller auf den leergefressenen Tisch zu legen.

Diese Worte verfehlten ihre Wirkung nicht. Tüchtige Bürger waren die Schildarianer, hatten durch beständige, emsige Arbeit reichliche Güter in ihren geheimen Verstecken angehäuft.

Denkt nicht, die Räuber werden nicht eure Verstecke ausfindig machen. Und die Polizisten sind ungleich findiger im Auffinden, was der Bürger mühsam angespart und der Staat deshalb desto mehr gebrauchen könne.

Jetzt war guter Rat in der herannahenden Not teuer, wahrhaft teuer, denn nichts war in diesem Moment rarer als guter Rat.

Und was rar ist, das ist eben teuer, unterbrach Uhlenspiegel die furchtsamen Stille. Jedes Kind wisse davon, wird es doch auch im ehrwürdigen Schilda von den klugen Erwachsenenköpfen über solche grundlegenden Weisheiten belehrt.

An dieser Stelle nahm sich Uhlenspiegel ungeachtet der herannahenden Gefahr die Zeit, von seinen letzten Reisen zu berichten. Endlich gelangte er erzählenderweise nach China, wo alles wegen der Stellung der Augen schief erbaut sei, auch Flüsse und Kanäle, damit das Wasser nicht auf die Idee käme, nach oben in die falsche Richtung zu fließen. Deshalb sei von dem kostbaren Nass genügend vorhanden, denn es musste sich der vorgegebenen Richtung fügen und konnte nicht entfliehen, wie er selbst es in etlichen anderen Ländern gesehen habe.

So viel, dass es sich diese fernab lebenden Menschen als ein Leichtes leisten konnten, nicht nur Feuer zu haben, sondern an einem Tag im Jahr, nämlich dem letzten, mit selbigen in alle erdenkliche Richtungen zu schießen. An jedem Platz sei man nicht mehr als zehn Schritte von der nächsten Wasserstelle entfernt und könne gegebenenfalls dem Feuer davon ordentlich aufs Haupt kippen.

Interessant sind deine Reisen gewiss, unterbrach ihn der vor Angst schlotternde Bürgermeister, aber in Anbetracht der herannahenden Gefahr weiß ich nicht, wie uns daraus Hilfe erwächst.

Dieses eine Mal hatte Uhlenspiegel einen Helfer mitgebracht, der sich jedoch im nahen Wald versteckt hielt. Uhlenspiegel pfiff durch eine der zahlreichen Lücken seiner Zahnreihen, seinem Gefährten ein Zeichen zu geben. Er selbst jedoch erklärte seinen Pfiff mit seinem Erstaunen über die Weisheit des Bürgermeisters. Kurz darauf explodierten im Wald eine Reihe roter Schwarzpulverstangen.

Hört!, rief Uhlenspiegel, das Getrampel der heranstürmenden Räuber. Jetzt ist keine Zeit mehr zu verlieren!

Spätestens jetzt war jedes Gesicht von gespenstischem Entsetzen überzogen. Dicht davor war es, dass die lauernde Panik von den entsetzten Gesichtern und Köpfen Besitz ergriff.

Im letzten Moment gelang es Uhlenspiegel, die alte, aber immer noch angsterfüllte Ordnung wiederherzustellen.

Er habe alles drei zur Genüge erlebt, Straßenräuber, uniformierte menschliche Räuber und Herden an menschlichen Gaffern.

Deshalb habe er Mitgefühl und werde ebenso dieses Mal den Bürgern von Schilda rettend zur Seite stehen.

Inzwischen hatte sich sein Gehilfe auf dem Marktplatz eingefunden, hinter sich einen gewaltigen grauen Sack herziehend.

Uhlenspiegel griff in den Sack und holte ein seltsames längliches Gebilde hervor. Er erklärte die Funktion des fliegenden Feuers, das er extra aus dem fernen China mitgebracht habe, sich und die Bürger von Schilda von offiziellen und inoffiziellen Räubern und Gaffern zu schützen.

Er verkaufte jedem Bürger von Schilda eine längliche Feuerstange und schickte sie dann nach Hause. Dort sollten sie alle ihre Kostbarkeiten, wegen des geringen Platzes jedoch die teuersten zuerst, an die Feuerstange binden. Er zeigte in die Richtung der Sonne, es war nicht zufällig die Richtung, in der sein Haus stand. Sie sollten Feuer an die schwarze Schnur der Stange legen und eine jede Stange in Richtung Sonne schießen. Die Sonnenstrahlen, waren sie erst einmal in der Luft, würden die wertvolle Fracht weiterleiten in ein Gebiet, das nichts anderes als ein Moorsumpf war.

Kein Räuber, kein Polizist, kein Gaffer wird sich dorthin trauen, wo die Sonne am heftigsten brennt und das sumpfige Moor erbarmungslos jeden menschlichen Fuß in die Tiefe riss. Und wenn die räuberische Lawine vorbei sei, würde er ihnen helfen, jede Kostbarkeit dem Moor wieder zu entreißen. Er habe Extraschuhe gefertigt, den Schneeschuhen der Eskimo gleich, obwohl kein Bürger von Schilda jemals den Namen

Eskimo vernommen hatte, mit dem es ein Leichtes sei, gleichsam übers Moor zu schweben und alle abgefeuerten Besitztümer wieder einzusammeln.

So geschah es. Bald erstrahlte über Schilda am Ende eines arbeitsmühseligen Jahres das heftigste und strahlendste Feuerwerk, das diese Hälfte der Erdkugel jemals gesehen hatte.

All die Besitztümer wieder einzusammeln, bereitete Uhlenspiegel und seinem Gehilfen nicht wenig Mühe, aber es war eine äußerst angenehme Mühe. Im Wald ließen sie noch einige rote Knallstangen explodieren, sodass sich die Bürger von Schilda auch wirklich sicher sein konnten, dass sich ihnen eine gefährliche, gefräßige menschliche Lawine näherte.
Ein jeder eilte in sein Haus und harrte hinter verrammelten Türen den kommenden Geschehnissen entgegen.
Nach wenigen Tagen trauten sich die Ersten hinaus. Uhlenspiegel war nicht zurückgekehrt. Moorschuhe hatte er ebenso keine geschickt.
Stattdessen sahen sie auf dem Marktplatz drei menschliche Gestalten in seltsamer Eintracht.

Es waren ein verirrter Räuber, ein glattge-bügelter Polizist sowie ein verloren wirkender Wanderer.

Gewissermaßen der Urahn der heutigen moder-nen Touristen, die nach der nächsten Gaststätte fragten, da ein jeder von seiner, wenn auch unterschiedlichen, so doch gleichsam anstreng-enden Beschäftigung, eine angemessene Pause mit ordentlich Speise und Trank, verdienter-maßen vonnöten hatte.

Wir färben uns die Haare,
Um uns als Ware
Zu präsentieren,
Mit der sich Andere amüsieren.

Ausleitung/Nachleitung/Nachsinn(en)

PS.3 (Pardon, aber aller guten Dinge sind drei, aber lesen Sie besser nicht nach, woher dieser Ausspruch kommt).

Der S(in)n ist gewissermaßen in. Oder: Im Sinn steckt das „in". Oder neudeutsch: Es ist in, wenn in einer Sache Sinn steckt. Wir sind in, wenn in uns Sinn steckt. Manche meinen jedoch, sie sind in, wenn in ihnen Unsinn steckt.

Egal. Denn dieses „in" ist vom Sinn geflüchtet, hat sich tückischer Weise überall im Leben (zumindest sprachlich) versteckt, selbst in solch banalen und scheinbar widersinnigen Sätzen wie: Ich gehe gern in die Schule.

Ergibt es Sinn, wenn jemand sagt, er gehe gern in die Schule? Wird dadurch die Schule gewissermaßen in?

So wird deutlich, zu welchen widersinnigen, und nur zwischen den Zeilen erkennbaren, Verdrehungen es kommen kann, wenn sich nur ein Teil (ein Teilsinn?) vom Sinn (das „in") zwischen normalerweise harmlosen Wörtern (gern, Schule…) versteckt.

PS.4. Im **Sinn** steckt auch das **Inn**. Inn bedeutet im Englischen offensichtlich Herberge oder Pub. In einem Fastfood-Restaurant macht ein Drive-In sicherlich Sinn. In einem Hotel ergibt ein Drive-In keinen Sinn. Denn wer würde zu einem Hotel im Sinne eines Drive-In fahren? Im Zimmer zu übernachten, ohne aus dem Auto auszusteigen? Aber es soll für sehr viel Geld bereits Hotels geben, in denen sie mit Ihrer Nobelkarosse bis ins Zimmer fahren können. Sozusagen ein Drive-In in einem Drive-**Inn**. Vielleicht gibt es bald auch Drive-In Hotels, wo Sie in Ihrem Auto und nicht im Zimmer übernachten. Frühstück und die Dusche werden Ihnen ans Auto gebracht....

PS.5. Im Sinn steck auch der **Inn**. Ein Fluss. Ergibt dies **Sinn**? Ein Sinn, der wie ein Fluss fortfließt? Sofort stellt sich die Frage, warum fließt der Sinn (nicht erst im Alter) von uns fort. Findet er hier keine(n) Partner? Sollten wir dem **Sinn** folgen?...

PS.6. Mit Hilfe selbst auszufüllen.
Vielleicht denken **Sie** ans „**Si**", das auch im **Sinn**
steckt. Si, das Ja, ein Ja**Sinn**, ergibt dies **Sinn**?
Ein Sinn, der nur das Ja kennt?

PS.7. Ohne Hilfe selbst auszufüllen...

PS.8. Ohne Hilfe auszufüllen ...

PS.9. Ohne (was?) auszufüllen

PS.10. ...

Inhaltsverzeichnis

Goldige Luft   1

Gedoppeltes Leben   2

Die abgeschlossene
                offene Stadt   3

Tief(ab)gründig   4

Tiefe Einblicke   5

Hellseherei in der
                Dunkelheit   6

Fliegende Gaben   7

Biographie

Ich wurde in Berlin geboren. Nach dem Abitur in Berlin habe ich Medizin in Berlin und München studiert und war nach meinem Studium ca. 40 Jahre in der Medizin tätig. Seit Ende 2023 bin ich berentet. Während meiner Berufstätigkeit habe ich nebenher eine Reihe von Manuskripten verfasst, ein Jugendbuch, Kinderbücher, Romane und Gedichte.

Einige sind seitdem über einen Self-publishing-Verlag veröffentlicht worden.

Neben einer Reihe anderer Veröffentlichungen hat der Autor auch folgende Gedicht- und Prosabände veröffentlicht:

Uhlenspiegel bei den Schildbürgern
Uhle 1, Uhle 2, Uhle 3

Der Einzelkämpfer Uhlenspiegel, mit der Armee seiner schalkhaften Gedanken bewaffnet, trifft auf ein Dorf voller Schildbürger, die eher weniger oder sagen wir eher mit anderen Gedanken bewaffnet sind.
(Band 1 - 3)

Die Christyllische Weihnacht – Weihnachten wie immer (und) anders

27 Kurzgeschichten mit je einem Bild, zu jedem Tag vom 1.-26. sowie 31. Dezember; sehr abwechslungsreiche Geschichten von Weihnachten im Kaufhaus, bei den Schildbürgern, in einem neuen Märchen, als Science-Fiction und Weihnachtsgeschichten zur Zeit der Geburt Jesu. So abwechslungsreich, dass für jeden und jedes Alter etwas dabei ist (auch in Englisch erhältlich.

Schwarzbart's kandidelte Adventsgeschichten

Der alte Seekapitän erzählt fantastische Adventsgeschichten voller Fantasie, bereichert durch weihnachtliche Gedichte. Zu lesen wie ein Adventskalender.

Ein denkwürdiger Adventskalender

Das schönste am Fest war der Adventskalender. Jedes Jahr freute er sich auf diese verkleidete, geheimnisvolle süße Gabe. Draußen die bunten Bilder, die versteckten Türchen, Zahlen, die zwischen Engeln, Krippen und Weihnachtsmännern umherschwirrten. So war es jedes Jahr, aber dann stimmt irgendetwas nicht. Dies erzählt die Geschichte um einen ganz besonderen Adventskalender voller Überraschung.

Die Insel der Figuren

Ein kleines Mädchen in Japan bekommt zum Geburtstag von ihrem Vater eine Puppe geschenkt. Als das Mädchen älter ist, wird die Puppe in einem kleinen Boot auf die Wellen des Meeres gesetzt. Offensichtlich eine Tradition ins Erwachsenenalter.

Einige Zeit später reist ein anderes Mädchen ihrer verschwundenen Puppe hinterher, eine spannende abenteuerliche Reise mit einem ungewöhnlichen überraschenden Ende beginnt. (Fantasieroman)

Der kleine Mugu auf dem Noddelthron

Ein Jungen lebt in dem Land eines Königs. Eines Tages kommt ein Prahlhans in dieses Land. Er besitzt die Fähigkeit, die Gedanken anderer Menschen mit seinen wilden Haaren einzufangen. Der König wollte diese Fähigkeit erlernen und folgte dem Prahlhans. Ausgerechnet der kleine Junge Mugu gewann die Nachfolge des Königs und regierte das Land, in dem er viele Dinge auf den Kopf stellte. (Märchenroman)

Max abenteuerliche Reise zum Ich –
eine kurze weite Reise

Jugendroman, 112 Seiten, Max lebt in schwierigen sozialen Umständen, weder darüber, noch über den Grund wird in der Familie gesprochen. Langsam kommt Max selbst hinter das „Geheimnis" und lernt, sich trotzdem zur Familie zu bekennen. Auch als Schulbuch geeignet.

Manu's Reise mit dem Tod –
eine Fuge durch die Zeit

Roman, 256 Seiten, verschiedene Lebenslinien aus dem Leben einer Frau, fugenartig verwoben, Ereignisse des Todes in ihrem Leben und ein weiterer Handlungsstrang über verschiedene Rituale zur Zeit des Todes in verschiedenen Kulturen (auch in Englisch erhältlich „Manu´s Journey with Death").

GeGlichenes

Die folgende Sammlung in 4 Bänden enthält etwas über 60 Kurzgeschichten, jede Kurzgeschichte baut auf einer aus dem Neuen Testament stammenden Bibelstelle gleichnishaft auf und ist auf unsere Zeit übertragen. Zwischen den Geschichten findet sich jeweils ein Aphorismus oder ein Gedicht.

Tortellintauben - TierGdichte für Rwachsene

61 Tiergedichte als Spiegelbild menschlichen Verhaltens, wunderschön von Kinderhand illustriert.

Das Moooondschaaaaf
(monatlich durch das Jahr)

Für jeden Tag eines Monats ein Gedicht aus Sicht eines auf dem Mond lebenden Schafs, das humorvoll, kritisch, skeptisch und wiedererkennend unsere Erde beäugt; zwischen jedem Gedicht ein Aphorismus; mit passenden lustigen Bildern aus Kinderhand; auch als Geburtstagsgeschenk für den passenden Geburtstags-monat geeignet.

Ostern- Gedichte zur Osterzeit

43 Gedichte mit christlichen Inhalten von Grün-donnerstag bis zur Auferstehung Jesu, durchsetzt mit gedankenvollen Aphorismen.

Der erdenkliche Mensch - Das Du im Ich

55 Gedichte, dazwischen Aphorismen, die sich nachdenklich und kritisch mit liebgewonnenen menschlichen Verhalten auseinandersetzen.

Ein KESSEL Bunte GeDichte

Ein Kessel bunter Gedichte, unterbrochen von kurzen Aphorismen – eben wie in einem großen bunten Kessel, wenn es heißt: tüchtig rühren, Kelle rein, sich überraschen (pardon inspirieren) lassen, was auf den Teller kommt.

Hinter dunklen Himmelswolken
Gedichte in Zeiten der Trauer

74 Gedichte über Tod, Sterben, Hoffnung, Zuversicht, das Danach.

Aventsschilda
Die EULENde SPIEGEL-Weihnacht

Weihnachtsgeschichten mit und ohne Eulenspiegel in Schilda, bereichert durch weihnachtliche Gedichte. Zu lesen wie ein Adventskalender.